Kevin Brooks
Johnny Delgado
Im freien Fall

*Kevin Brooks*, geboren 1959, wuchs in einem kleinen Ort namens Pinhoe in der Nähe von Exeter/Südengland auf. Er studierte in Birmingham und London. Sein Geld verdiente er lange Zeit mit Gelegenheitsjobs. Seit dem überwältigenden Erfolg seines Debütromans ›Martyn Pig‹ ist er freier Schriftsteller. Für seine Arbeiten wurde er mit zahlreichen Preisen ausgezeichnet.

*Uwe-Michael Gutzschhahn*, geboren 1952, studierte deutsche und englische Literatur in Bochum und lebt als Übersetzer und Autor, Herausgeber und freier Lektor in München. Er hat alle auf Deutsch erschienenen Bücher von Kevin Brooks übersetzt.

Kevin Brooks

# Johnny Delgado – Im freien Fall

Aus dem Englischen von
Uwe-Michael Gutzschhahn

dtv

**Ausführliche Informationen über unsere Autoren und Bücher**
**www.dtv.de**

Von Kevin Brooks sind bei dtv junior außerdem lieferbar:

**Martyn Pig**
**Lucas**
**Candy**
**Kissing the Rain**
**The Road of the Dead**
**Being**
**Black Rabbit Summer**
**Killing God**
**iBoy**
**Live fast, play dirty, get naked**
**Bunker Diary**
**Travis Delaney. Was geschah um 16:08?**
**Travis Delaney. Wem kannst du trauen?**
**Travis Delaney. Um Leben und Tod**
**Born Scared**
**Johnny Delgado – Der Mörder meines Vaters**
**Devils Angel. Ein gefährlicher Freund**
**I see you, Baby (mit Catherine Forde)**
**Finn Black. Der falsche Deal**

FSC www.fsc.org
MIX
Papier aus verantwortungsvollen Quellen
FSC® C019821

Deutsche Erstausgabe
2018 dtv Verlagsgesellschaft mbH & Co. KG, München

Titel der englischen Originalausgabe: ›Johnny Delgado: Private Detective‹,
2006 erschienen bei Barrington Stoke Ltd., Edinburgh

Umschlaggestaltung: Katharina Netolitzky/dtv
Gesetzt aus der Optima 11,5/15˙
Gesamtherstellung: Druckerei C.H.Beck, Nördlingen
Gedruckt auf säurefreiem, chlorfrei gebleichtem Papier
Printed in Germany · ISBN 978-3-423-71781-6

Dieses Buch ist für dich, Mum

# Die zwei schönsten Mädchen der Welt

Alles begann mit einem kleinen Problem. Es war Freitagabend, so gegen sechs, und ich saß am Schreibtisch in meinem Zimmer. Mein Zimmer ist klein, genau wie die ganze Wohnung. Sie liegt im 16. Stock einer Hochhaussiedlung im Süden von London. Regen sprühte gegen das Fenster. Im Zimmer selbst war es heiß und stickig.

Aber das war nicht das Problem.

Das Problem war Folgendes. Auf meinem Bett saß das schönste Mädchen der Welt. Und das zweitschönste Mädchen der Welt saß neben ihr. Und beide trugen sehr enge Sachen.

*Das* war das Problem.

Sie hießen Carly (Schönste) und Bex (Zweitschönste). Sie saßen schon seit zwanzig Minuten oder so auf meinem Bett. Und sie erzählten mir von einem Jungen namens Lee Kirk. Jedenfalls glaube ich, dass sie mir von ihm erzählten. Wegen der zwei schönsten Mädchen der Welt, die auf meinem Bett saßen, konnte ich mich nur schwer konzentrieren.

»Und?«, fragte mich Carly. »Was ist?«

»Hä?«, fragte ich zurück.

»Was *ist*?«, wiederholte sie. »Willst du nun den Job oder nicht?«

»Welchen Job?«

Sie schüttelte den Kopf. »Haben wir dir doch gerade *erklärt*. Was ist los mit dir? Wir haben dir das Ganze doch vor fünf Minuten erzählt.«

So redete sie – und grinste dabei ständig, als ob alles, worüber sie redete, dämlich wäre. Und wenn sie grinste, kräuselte sich ihre Lippe in den Mundwinkeln. Irgendwie machte sie das nur noch schöner.

»Was glotzt du denn so?«, fragte sie grinsend.

»Ach, nichts«, antwortete ich. »Vergiss es. Ich hab nur …«

»Was?«, fragte Bex. »Du hast nur *was*?«

Ich wusste nicht, was ich antworten sollte, deshalb saß ich bloß stumm da und starrte auf meinen Schreibtisch. Das Problem war, ich wusste, dass sie nicht *wirklich* die schönsten Mädchen der Welt waren, aber so oft hatte ich keine Mädchen bei mir im Zimmer … wenn du verstehst, was ich meine. Es machte mich nervös, brachte mich ganz durcheinander.

Carly war etwa 17, schätze ich. Sie war groß und dünn und hatte glänzende braune Haare und wahnsinnige blaue Augen. Sie hatte so einen Blick … du weißt schon, so einen Blick, dass dir die Knie weich werden und du dir total dämlich vorkommst. Bex war jünger – etwa so alt wie ich –, ungefähr 15. Sie war klein und blond, mit vollen Lippen und überall Rundungen. Beide hatten jede Menge Make-up im Gesicht und beide kauten lautstark Kaugummi. Und wie ich schon sagte, beide saßen in sehr engen T-Shirts und Jeans auf meinem Bett.

»Hör zu«, sagte Carly seufzend, »ich will bloß, dass du rausfindest, ob sich Lee mit diesem Mädchen trifft.«

»Mit welchem Mädchen?«, fragte ich.

»Dem Mädchen, von dem ich dir gerade erzählt hab.«

»Ach so, ja … klar. Und Lee ist dein Freund?«

»Ja«, sagte Carly. »Lee ist mein *Freund.*«

»Lee Kirk.«

»Ja, Lee Kirk. Ich will, dass du ihm morgen Abend folgst und rausfindest, wo er hingeht.« Carly zog ein Foto aus ihrer Tasche und reichte es mir. »Das ist er«, sagte sie. »Der auf dem Foto. Hinten hab ich dir die Adresse draufgeschrieben. Er wohnt im West Tower. 13. Stock.«

Das Foto zeigte einen hart aussehenden Typen mit schmalen dunklen Augen und schmuddeligen blonden Haaren. Ich war ihm schon in der Siedlung begegnet. Ich wusste, wer er war.

»Bis sieben bin ich mit ihm zusammen«, erzählte mir Carly, »danach zieht er angeblich mit seinen Kumpeln rum.«

»Aber du glaubst, er trifft sich mit diesem Mädchen?«

»Ja – sie ist eine widerliche kleine Schlampe und heißt Tanya Nicols. Sie wohnt auch im West Tower. Im ersten Stock. Ich will, dass du oben im 13. auf Lee wartest und ihm dann folgst, um zu sehen, wo er hingeht. Wenn er zu ihr in die Wohnung geht, warte dort und schau, wie lange er bleibt. Wenn sie zusammen losziehen, bleib an ihnen dran.« Sie schniefte und ließ ihr Kaugummi platzen, dann wischte sie sich die Nase am Handrücken ab und warf mir einen Blick zu: »Meinst du, du kriegst das hin?«

»Ja«, antwortete ich. »Glaub schon.«

»Gut.« Sie schob noch mal ihre Finger in die Tasche ihrer Jeans. Diesmal zog sie eine Handvoll Bargeld heraus. »Wie viel verlangst du?«

Noch ein Problem. Seit einiger Zeit hatte ich in der Siedlung gestreut, dass man mich als Privatdetektiv anheuern könne. Ja, ich weiß, klingt bescheuert. Ich erzähl dir später, wie es dazu gekommen war. Im Moment will ich dir bloß von meinem nächsten Problem erzählen. Das Problem war Folgendes. Bisher *hatte* mich noch kein Mensch angeheuert. Deshalb hatte ich mir auch noch nicht so richtig überlegt, was ich für das, was ich tat, verlangen sollte. Aber das mussten Carly und Bex ja nicht wissen. Ich musste also blitzschnell überlegen. Wie viel sollte ich nehmen?

»Na ja«, sagte ich, »kommt drauf an …«

»Kommt auf was an?«, fragte Carly.

»Keine Ahnung. Was meinst du, wie lange ich für den Job brauche?«

Carly schüttelte den Kopf und schaute zu Bex. Die beiden grinsten sich an, als ob sie wüssten, dass ich nur Zeit schinden wollte.

»Was ist denn die Obergrenze, die so was kosten kann?«, fragte Carly.

»Keine Ahnung …«

»Nehmen wir an, es dauert fünf Stunden.«

»Fünf Stunden?«, fragte ich.

»Ja – von sieben bis zwölf. Wenn du Lee also fünf Stunden lang überwachst, wie viel kostet das?«

Ich musste jetzt endlich was sagen. Also wählte ich einfach irgendeine Zahl. »Fünfzig Pfund?«, fragte ich.

Carly nickte. Sie zählte ein paar Scheine ab und reichte sie Bex.

Bex stand auf und kam zu mir rüber. Ich konnte einfach nicht wegschauen bei ihrem Gang – den wackelnden Hüften, den wackelnden Rundungen, dem ganzen Gewackel. Sie kam genau auf mich zugewackelt und warf das Geld neben mich auf den Tisch. Dann legte sie die Hände auf ihre Hüften, stand da und starrte mich an. Mit ihren vollen Lippen und ihren ganzen Rundungen.

»Wo ist euer Bad?«, fragte sie und schaute zu Carly.

»Hä?«

»Das *Bade*zimmer. Wo es ist?«

Ich wurde rot. »Äh … einfach den Flur entlang«, sagte ich. »Und dann links.«

Sie grinste mich an, dann drehte sie sich um und wackelte durchs Zimmer zur Tür hinaus.

Ich schaute hinüber zu Carly.

Sie grinste mich an.

Ich lächelte zurück.

Ihr Grinsen verschwand.

»Was glotzt du denn so?«, fragte sie.

Ich schüttelte den Kopf. »Ach, nichts.«

# Dämlich

Als Carly und Bex weg waren, blieb ich noch in meinem Zimmer und dachte darüber nach, was ich soeben getan hatte. *Was hatte ich getan?* Also gut, ich hatte einen Auftrag an Land gezogen. Meinen ersten *bezahlten* Job. Ich hatte 50 Pfund für ein paar Stunden Arbeit an einem Samstagabend bekommen. *Das* hatte ich getan. Aber war ich glücklich? Nein. Ich war überhaupt nicht glücklich. Denn genau genommen war das, was ich soeben getan hatte, dämlich.

Ich hatte das Ganze nicht richtig durchdacht.

Ich war zu sehr mit anderen Sachen beschäftigt gewesen – mit engen Klamotten, ausgeprägten Rundungen und dem Versuch, cool zu wirken.

Und was das Schlimmste war: Ich hatte meine eigenen Regeln gebrochen.

Weißt du, als ich beschloss, Privatdetektiv zu werden, hatte ich mir drei Regeln gesetzt:

Regel 1: Lass dich nie auf Beziehungsprobleme anderer Leute ein.

Regel 2: Lass dich nie mit irgendwelchen Gangs aus der Siedlung ein.

Regel 3: Lass dich nie mit der Polizei ein.

Es waren keine schwierigen Regeln und sie waren wohlüberlegt. Beziehungsprobleme sind heikel. Die Gangs sind gefährlich. Und die Polizei … also, wenn du dich hier in der Siedlung mit der Polizei einlässt, dann forderst du einfach Ärger heraus.

Wenn ich mich also an die drei Regeln hielt, gab es keinen Ärger. Keine Gefahr, keine Probleme.

Ganz einfach.

Alles klar?

Ja, alles klar. Und was mach ich, als ich den allerersten Auftrag bekomme? Was tu ich? Ich breche mindestens zwei meiner Regeln. Das tu ich.

Dämlich, dämlich, dämlich.

Ich hatte soeben zugesagt, jemanden zu überwachen, der aller Wahrscheinlichkeit nach seine Freundin betrog.

Dämlich.

Dieser Jemand war ein Junge namens Lee Kirk. Und Lee Kirk war ein bedeutender Name in einer der Gangs hier.

Dämlich.

Und wenn er merkte, dass ich ihn überwachte, war es nur allzu gut möglich, dass er mir die Scheiße aus dem Leib prügeln würde. Dann würde die Polizei kommen und Fragen stellen.

Dämlich.

Und genau deshalb *fühlte* ich mich ziemlich dämlich. Aber das war gar nichts dagegen, wie ich mich später fühlte, als ich herausfand, was *wirklich* lief.

Als meine Mum nach Hause kam, hing ich immer noch in meinem Zimmer rum. Es war fast sieben Uhr. Ich tat nichts Bestimmtes, sondern stand nur am Fenster und schaute hinaus in den Regen. Direkt gegenüber von unserem Hochhaus sah ich die beiden anderen Hochhäuser der Siedlung – den East Tower und den West Tower. Grauer Beton, graue Scheiben, alles grau. Ich fuhr die Fensterreihen entlang. Passierte irgendwas in den anderen beiden Hochhäusern? Das Einzige, was ich erkennen konnte, waren die trüben Spiegelungen des Wolkenhimmels im Glas.

Ich schaute nach unten.

Sechzehn Stockwerke tiefer wirkte die Siedlung im Regen kalt und leer. Zu sehen gab es nicht viel. Ein paar Autos standen an der Rückwand der Garagen. Ein paar Jugendliche aus dem East Tower lungerten an der Newton Lane rum. Ein abgemagerter Schäferhund schlich um die Bänke.

Meine Tür ging auf und ich drehte mich um.

»Na?«, fragte meine Mum. »Wie läuft's?«

»Ganz okay.«

Sie lächelte. »Was machst du?«

»Nichts. Wie war die Arbeit?«

Sie zuckte mit den Schultern. »Langweilig.«

Mum hat zwei Jobs. Sie arbeitet Teilzeit in der Bücherei, was ihr Freude macht, und Teilzeit im Supermarkt an der Kasse, was sie total hasst. Heute war so ein Supermarkttag.

Sie nahm die Hände aus den Taschen, verschränkte die Arme und lehnte sich an den Türrahmen. Ihre Armbänder klimperten an den Handgelenken.

»Was machst du heute Abend?«, fragte ich.

»Nicht viel. Und du?«

Ein Zug ratterte die Gleise am anderen Ende der Siedlung entlang. Die Scheibe meines Fensters klapperte im Rahmen.

»Muss noch Hausaufgaben erledigen«, antwortete ich.

Mum nickte. »Hab gerade Dellas Mum im Aufzug getroffen. Sie meinte, du wärst schon länger nicht mehr da gewesen.«

»Stimmt.«

Mum lächelte. »Della würde sich bestimmt über ein bisschen Gesellschaft freuen.«

Mum sprach von Della Hood. Sie wohnte im selben Stockwerk. Della war ein Jahr jünger als ich. Und sie hatte irgendeinen Herzfehler.

»Della mag dich«, sagte Mum.

Ich zuckte mit den Schultern und wurde ein bisschen verlegen.

Mum lächelte wieder. »Na ja, ist deine Sache. Hausaufgaben oder ein hübsches Mädchen? Also ich wüsste, wie meine Entscheidung aussähe.«

»Ja, gut«, murmelte ich. »Ich überleg's mir.«

»Hast du schon was gegessen?«

»Nein.«

»Ich zieh mich nur eben um«, sagte sie. »Dann mach ich uns was, einverstanden?«

Ich lächelte sie an.

Sie nickte und schaute einen Augenblick zu mir rüber, dann ging sie.

Meine Mum ist Halbmexikanerin. Geboren wurde sie in einem kleinen Dorf nördlich von Mexico City. Aber sie ist schon als Baby mit *ihrer* Mum nach England gekommen. Nur die beiden. Wer ihr Vater ist, weiß Mum nicht.

Aber ich weiß, wer *mein* Vater ist. Er heißt David Cherry. Er war bei der Polizei, Kommissar bei der Kripo. Vor ungefähr 16 Jahren hat er meine Mum getroffen, als sie in einem Nachtklub als Tänzerin arbeitete. Er war schon verheiratet. Doch er hat sich in meine Mum verliebt. Sie hatten eine Affäre. Und dann kam ich.

Die Affäre dauerte nicht lange. Und Dad hat seine Frau nie verlassen, doch der Kontakt zu uns ist immer geblieben. Er war super – nett und cool, echt lustig, aber irgendwie auch traurig. Ich mochte ihn sehr.

Vor fünf Jahren ist er bei einer Drogenrazzia ums Leben gekommen.

Wegen dem Mord ist nie jemand angeklagt oder eingebuchtet worden. Der Täter wurde niemals geschnappt.

Vielleicht will ich deshalb Privatdetektiv werden. Vielleicht will ich ja so wie mein Dad sein. Oder herausfinden, wer ihn getötet hat. Vielleicht fand ich es aber auch einfach nur besser, als Zeitungen austragen.

Wer weiß?

Ich vermisse ihn echt, meinen Dad.

# Marcus und Della

Nachdem Mum und ich was gegessen hatten, ging ich zu Della. Ich wusste nicht recht, ob ich das *wirklich* wollte. Andererseits hatte ich keine Lust, den ganzen Abend in irgendwelche Geschichtsbücher zu gucken. Also verabschiedete ich mich von Mum und ging den Flur entlang zu Dellas Wohnung. Ich war ein bisschen nervös. Bei Della war ich das immer. Ich wusste, dass sie mich mochte, und – um ehrlich zu sein – ich mochte sie auch. Schwierigkeiten hatte ich nur damit, dass mir nicht so recht klar war, auf welche Weise ich Della mochte. War sie ein Kumpel? Ein guter Kumpel? Oder mochte ich sie in Wirklichkeit mehr als bloß einen Kumpel?

Ich wusste es nicht.

Ich erreichte die Wohnungstür und klingelte. Während ich wartete, sah ich in Gedanken plötzlich ihr Gesicht vor mir. Lockige blonde Haare, funkelnde blaue Augen und eine Spange auf den Zähnen. In meinem Innern sah ich ihr lustiges Lächeln – und als ich Schritte hörte, die auf die Tür zukamen, fing mein Herz an zu pochen. Doch als die Tür aufging, stand nicht Della da, sondern ihr älterer Bruder Marcus.

»Hi, Delgado«, sagte er mit einem breiten Grinsen. »Was gibt's?«

»Ach so, ja ... hi, Marcus. Ich wollte zu Della.«

»Die ist nicht da«, antwortete er. »Musste zu ihrem Pumpenmann.«

Ich wusste nicht, was er meinte, deshalb sah ich ihn weiter an. Er trug kein Hemd, nur eine riesige weite Cargohose und eine Goldkette um den Hals. Am Kinn wuchs ihm ein flaumiges kleines Bärtchen.

»Dellas Herz«, sagte Marcus und schlug sich mit der Hand auf die Brust. »Hat ihr heute mal wieder ein bisschen Probleme gemacht.«

»Ach so«, sagte ich.

Jetzt hatte ich es kapiert. Della hatte zum Arzt gemusst, wegen irgendwas mit ihrem Herzen.

»Hey, alles easy.« Marcus grinste. »Sie kommt schon wieder zurück.«

»Klar.«

»Willst du warten?«

»Okay.«

Und so kam es, dass ich plötzlich mit Marcus über Lee Kirk sprach.

Marcus Hood weiß alles, was es über die Siedlung zu wissen gibt. Er kennt alle Namen und alle Gesichter, alle Gangs, er weiß über alles Bescheid, was hier läuft. Er weiß, wer gerade aufsteigt und wessen Stern gerade sinkt. Er weiß, wer wen gerade ausraubt, wer was verkauft und wer es bekommt. Er weiß, was läuft, noch bevor es tatsächlich läuft, und er weiß auch genau, was das bedeutet. Anders gesagt, er weiß grundsätzlich alles.

Das Komische ist nur – niemand scheint irgendwas über ihn zu wissen. Obwohl er *jeden* kennt, scheint er selbst keine Freunde zu haben. Er weiß von jedem die Telefonnummer, aber niemand kennt seine. Er arbeitet nicht, hat aber immer jede Menge Geld. Und das heißt normalerweise Drogen. Doch Marcus nimmt keine Drogen und ganz sicher verkauft er auch keine, aber er kennt alle Gangs und sämtliche Dealer.

Ist irgendwie merkwürdig.

Es gibt natürlich Gerüchte. Geraune. Ein-, zweimal hab ich das Wort *Spitzel* fallen hören, wenn von Marcus die Rede war, doch es gab nie Beweise. Und keiner hat auch nur den Mut, etwas rauszufinden. Das ist es nicht wert. Marcus selbst ist eigentlich kein harter Brocken, aber er kennt jede Menge schwere Jungs. Und jeder von denen ist ihm was schuldig. Deshalb lassen ihn alle in Ruhe.

Persönlich hat es mich nie gekümmert, was Marcus macht. Solange er mit mir klarkommt – wieso sollte mich da interessieren, was er eigentlich treibt?

Und er *kam* mit mir klar.

An dem Abend führte er mich ins Wohnzimmer, bot mir einen Sessel an und fragte, ob ich Tee wollte. Das klingt vielleicht nicht nach viel, aber ich hätte nie erwartet, dass er das für mich tun würde, und ich fühlte mich ziemlich wohl.

Während er in der Küche war, schaute ich mich kurz in der Wohnung um. Sie sah genau aus wie unsere – gleicher Grundriss, gleiche Größe, alles gleich. Der einzige Unterschied war, dass hier alles chaotischer wirkte. Die Wohnung war nicht verdreckt oder so, aber alles war vollgepackt mit Sachen. Überall, wo ich hinschaute, standen Kisten und Tüten mit allem möglichen Zeug – Computerspielen, DVDs, CDs, Haarfönen, Schachteln mit Parfüm und Aftershave, Stapel nagelneuer Kleidung. Auf dem Fernseher stand sogar ein Karton mit lauter Harry-Potter-Figuren.

Marcus kam wieder rein, reichte mir einen Becher Tee und ließ sich dann mit gekreuzten Beinen auf den Fußboden nieder. Inzwischen hatte er ein Kapuzenshirt angezogen. Der Reißverschluss war nicht hochgezogen, aber die Kapuze saß auf dem Kopf. Er zündete sich eine Zigarette an.

»Ich hab gehört, du hast mit Carly geredet?«, fragte er.

»Was?«

»Mit Carly und Bex.« Er zwinkerte mir zu. »Tolle Mädels.«

»Ach so, ja … stimmt.«

Er grinste. »Dann machst du also diese Schnüfflergeschichte?«

»Hm, ja, ich glaub schon …«

Er trank einen Schluck. »Toog hat mir erzählt, du hast seine Katze wiedergefunden.«

Ich lächelte. Marcus sprach von Benny Toogood. Alle nennen ihn einfach nur Toog. Ist ein komischer Typ – zwei Meter groß und ein echter Brocken. Er hat einen riesigen Quadratschädel und Hände wie Schaufeln. Außerdem ist er irgendwie langsam und nicht allzu helle. Er ist nicht zurückgeblieben oder so, einfach nur sehr … *sehr* … langsam. Vor ein paar Wochen war ich ihm zufällig im Aufzug begegnet. Er flennte. Angeblich hatte er seine Katze verloren. Und die Katze liebte er über alles. Also hab ich ihm suchen geholfen. Und sie gefunden. Sie war beim

Tierarzt. Toog hatte sie morgens hingebracht, um ihr die Krallen schneiden zu lassen, und es später total vergessen.

»Du bist jetzt sein Held«, erzählte mir Marcus. »Toog hält dich für ein Genie.«

»Toog ist okay«, sagte ich.

»Ja«, stimmte Marcus zu. »Toog ist cool.« Er nahm einen langen Zug von der Zigarette. Dann sah er mich an. »Man weiß nie, wann man so einen Typen wie Toog einmal braucht«, sagte er. »Ist immer gut, wenn irgendwer auf dich aufpasst.« Er klopfte die Zigarette am Aschenbecher ab. »Vor allem, wenn du so dumm bist und dich mit Leuten wie Lee Kirk einlässt.« Er sah mich wieder an. »Du weißt, wer das ist, oder?«, fragte er.

Ich zuckte mit den Schultern. »Mehr oder weniger …«

Marcus schüttelte den Kopf. »Er ist der King hier, das ist er. Oder jedenfalls wird er es sehr bald sein.«

Die nächsten zehn Minuten erzählte mir Marcus alles über Lee Kirk. Er erzählte mir, wie er sich vom einfachen Gangmitglied zum stellvertretenden Chef der Westies hochgearbeitet hatte, jener Gang, die den West Tower in der Hand hatte, und dass er sich jetzt darauf vorbereitete, den gegenwärtigen Boss kaltzustellen, einen Typen namens Tyrell Jones, und dann selbst die Kontrolle der Westies zu übernehmen. Danach hatte er vor, mit den E-Boys, der anderen Gang aus der Siedlung, gemeinsame Sache zu machen und die ganze Gegend unter seine Gewalt zu bringen.

»Kirk ist ein Psycho«, erklärte mir Marcus. »Aber er ist clever. Sehr clever. Er weiß genau, wie dieser ganze Gangkram funktioniert – die Regeln, die Drogen, die Waffen. Er weiß, wie man mit so was umgeht. Verstehst du, was ich meine?«

»Nicht wirklich«, antwortete ich.

Marcus lachte. »Gut so. Bleib dabei, dann passiert dir auch nichts. Aber lass dich da nicht mit reinziehen, Mann. Der ganze Gangmist ist ein einziger Haufen Scheiße. Ein bloßer Vorwand. Die Typen glauben, es geht nur um Macht und um Geld, was ja auch stimmt, aber sie selber *machen* nichts draus. Sie hängen nur rum, vergeuden ihre Zeit, reden Scheiße und warten darauf, dass irgendwas passiert.« Er sah mich an. »Aber ich sag's dir – Kirk ist anders. Kirk hat Ehrgeiz. Der will's zu was bringen. Und wenn sich ihm jemand in den Weg stellt, überlegt er nicht zweimal, ihn beiseitezuschaffen. Also pass auf dich auf, ja?«

»Ich folge ihm ja nur. Er wird nicht mal merken, dass ich hinter ihm bin.«

Marcus schüttelte den Kopf. »Und ob.«

»Ja, gut …«

Marcus zuckte mit den Schultern. »Ist deine Sache. Ich sag's dir nur, das ist alles.«

»Ja, danke.«

Eine Weile wurde es still im Zimmer und alles wirkte ein bisschen angespannt. Marcus sah mir noch einen Moment in die Augen. Mit einem langen, ernsten Blick. Dann trank er langsam und ohne ein Lächeln seinen Becher Tee aus und stand auf. Er kratzte sich den Bauch, gähnte und grinste mich schließlich an.

»Okay?«

»Ja.«

»Gut.«

Damit ging er zum Fernseher rüber und riss den großen Pappkarton auf, der obendrauf stand. Und plötzlich bot er mir eine Harry-Potter-Figur in einer Plastikschachtel an.

»Willst du einen Hagrid?«, fragte er.

»Das ist Snape«, erklärte ich ihm.

Er zuckte mit den Schultern. »Egal – willst du ihn?«

»Nein danke.«

»Wie du meinst.«

Genau in dem Moment ging die Tür auf und Della kam mit ihrer Mum rein. Della sah nicht sehr gut aus. Ihr Gesicht war blass und müde und am Hals hatte sie ein kleines Pflaster. Ihre Mum hielt eine große Flasche mit Tabletten und eine Sauerstoffmaske in der Hand.

Ich stand auf.

Della lächelte mich an. »Hallo, Johnny.«

»Hi«, sagte ich. »Wie geht's?«

»Alles okay. Hatte nur …«

»Della«, mischte sich ihre Mum ein. »Du gehst jetzt ganz schnell ins Bett.«

»Kann ich nicht eben noch …«

»Nicht jetzt.« Mrs Hood sah erst mich an, dann Della. »Du kannst dich ein andermal mit Johnny treffen. Im Moment brauchst du unbedingt Ruhe. Also los.«

Della warf mir ein verlegenes Lächeln zu. Ich lächelte zurück. Sie winkte mir noch leicht mit der Hand, dann drehte sie sich um und verschwand in ihr Zimmer. Ich schaute eilig hinüber zu Mrs Hood. Sie wirkte besorgt. Ich sah verlegen zu Boden. Als wenn ich ein Eindringling wär oder so.

»Ich geh dann mal besser«, murmelte ich.

Mrs Hood nickte nur stumm und verschwand in die Küche. Sie wirkte traurig und sehr, sehr müde. Die Traurigkeit schien in der Luft zurückzubleiben wie eine giftige Wolke.

Marcus stand auf und legte mir eine Hand auf die Schulter. »Hey, mach dir keine Sorgen«, sagte er. »Mum regt sich bloß immer schnell auf. Nächstes Mal, wenn du sie siehst, ist wieder alles in Ordnung mit ihr.«

Ich schaute ihn an.

Er lächelte. »Mach dir echt keine Sorgen. Ich werd Della sagen, dass du sie in ein paar Tagen anrufst. Dann geht es ihr wieder gut. Okay?«

»Ja, okay«, antwortete ich.

»Alles klar«, sagte er. »Dann los, hau ab, geh nach Hause. Ich hab zu tun.« Er klopfte mir auf die Schulter. »Und vergiss nicht, was ich dir wegen Kirk gesagt hab. Pass einfach auf – okay?«

# Nachdenken und abwarten

Den größten Teil des Samstags hing ich bloß in der Wohnung rum und tat überhaupt nichts. Mum arbeitete heute in der Bücherei. Und ich war allein.

Deshalb dachte ich nach.

Hauptsächlich dachte ich über Lee Kirk nach. Immer wieder betrachtete ich sein Foto. Das Foto, das Carly mir gegeben hatte. Und jedes Mal, wenn ich es ansah, musste ich daran denken, was Marcus gesagt hatte. *Er ist ein Psycho … er ist clever … er ist anders … pass auf dich auf.* Je mehr ich drüber nachdachte, desto mehr wollte ich noch mal mit Carly sprechen und ihr erklären, dass ich mich anders entschieden hätte. Ich wollte schließlich nicht einem Psycho hinterherspionieren. Es war dämlich. Gefährlich. Beängstigend. Aber ich hatte ja zugesagt, dass ich es machen würde. Ich hatte das Geld genommen. Und wenn ich *wirklich* Privatdetektiv sein wollte, konnte ich doch meine Meinung zu einem Auftrag nicht einfach ändern, nur weil ich plötzlich Schiss hatte.

Das wär nicht in Ordnung.

Ich hatte zugesagt, also würde ich es auch machen.

Außerdem wusste ich gar nicht, wie ich Carly hätte erreichen sollen. Ich besaß weder ihre Adresse noch ihre Telefonnummer. Sie hatte gesagt, dass *sie* mich anrufen würde, um zu erfahren, was ich rausgefunden hätte.

Dämlich.

Um halb sieben, gleich nachdem Mum aus der Bücherei zurück war, zog ich meine Jacke an, schnappte mir mein Handy und wollte los.

»Gehst du weg?«, fragte Mum.

»Ja, dauert aber nicht lange.«

»Wo willst du hin?«

»Zu Steve.«

»Welchem Steve?«

»Steve Devine. Du weißt schon, der aus der Schule. Er wohnt im West Tower.«

Mum zuckte mit den Schultern, als ob sie noch nie von einem Steve Devine gehört hätte. Kein Wunder. Ich hatte ihn ja auch gerade erst erfunden.

»Na gut«, sagte sie. »Aber pass auf dich auf. Und bleib nicht zu lange.«

Es gibt drei Hochhäuser in der Siedlung – den North Tower (wo ich wohne), den West Tower und den East Tower. Jedes Hochhaus hat zweiundzwanzig Stockwerke und auf jeder Etage gibt es zehn Wohnungen. Macht 220 Wohnungen in jedem Block, also fast 700 Wohnungen insgesamt. Das sind echt viele. Und jede Menge Leute. Jede Etage in den drei Blocks sieht absolut gleich aus. Es gibt einen Flur, von dem zu beiden Seiten die Wohnungen abgehen. Am einen Ende des Flurs ist der Aufzug, am andern Ende das Treppenhaus. Die Tür zum Treppenhaus ist schmutzig gelb. Die Flurwände sind in einem ekligen Kotzgrün gestrichen und auf dem Boden liegt irgendein schmuddelig brauner Kunststoffbelag. Es gibt Neonröhren an der Decke, am Ende von jedem Flur ein paar Fenster und das ist auch schon alles.

Als ich die Wohnung verließ, war niemand zu sehen. Alles leer. Der Flur leer, der Aufzug. Als ich unten ausstieg, war auch niemand da.

Ich machte mich auf den Weg Richtung West Tower. Das Stück zwischen den Hochhäusern heißt bei allen in der Siedlung nur *The Square* ... Keine Ahnung, wieso. Es ist bloß eine einfache hässliche Teerfläche mit ein paar schrottigen Bänken und einer Straße am Ende. Also von wegen Platz. Und quadratisch ist er auch nicht, wie der Name behauptet.

Die Straße führt zwischen dem North Tower und den zwei anderen Hochhäusern durch. Ich überquerte sie. Allmählich verzog sich das Abendlicht. Es regnete leicht. Ich hörte laute Musik, die irgendwo aus einer der Wohnungen plärrte, doch ansonsten war so gut wie kein Mensch zu sehen. So ein alter Obdachloser durchwühlte die Mülleimer neben den Bänken und ein paar von den E-Boys (aus dem East Tower) hingen auf der anderen Straßenseite rum, aber das war auch schon alles.

Ich überquerte also die Straße und lief Richtung West Tower. Langsam wurde es frisch. Die Wolken hingen schwer und tief am Himmel und ein eisiger Wind peitschte durch die Siedlung und blies mir den Regen ins Gesicht. In den kalten Schatten der Hochhäuser wirkte alles düster und trist.

Ich schaute auf. Der West Tower lag direkt vor mir, der East Tower links und der North Tower hinter mir. Drei riesige Hochhäuser aus schmuddelig grauem Beton, 700 schäbige kleine Wohnungen, ungefähr 2000 Leute.

Das Ganze ist eine eigene Welt.

Als ich den Eingang des West Tower erreichte, sah ich ein paar Kids, die in der Nähe der Tür rumhingen. Die meisten hockten auf ihren Fahrrädern und fast alle hatten Handys. Sie waren Laufburschen. Boten. Späher. Sie arbeiteten für die Westies. Der Älteste war etwa zwölf. Sie beobachteten mich, als ich durch die Tür ging und in den Eingangsbereich trat. Einer von ihnen kam auf mich zu und stellte sich neben mich, als ich den Knopf für den Aufzug drückte. Er trug eine Kette um den Hals und hatte eine Rotznase.

Als der Aufzug runterkam, stieg die Rotznase mit mir ein.

»In welchen Stock willst du?«, fragte er.

»Zwölften«, log ich.

Er drückte die Knöpfe – 12 und 17.

Die Tür ging zu und der Aufzug fuhr los. Ich schaute den Jungen an. Er blickte auf sein Handy. Es war ein nagelneues iPhone, mit Face-Time-Kamera, LTE, Nano-SIM-Karte, allem Drum und Dran.

Als der Lift im zwölften Stock hielt und ich ausstieg, sah ich, wie der Junge das Smartphone an sein Ohr hob und anfing zu reden. Ich wartete, bis sich die Tür wieder schloss, dann lief ich den Flur entlang und die Treppe hinauf in den dreizehnten. Dort ließ ich aber die Treppenhaustür, die auf den Flur führt, noch zu.

Es war fünf vor sieben.

Ich stand also im Treppenhaus und wartete ab.

# Alles wird schwarz

Von da, wo ich stand, konnte ich die Tür zu Lee Kirks Wohnung nicht sehen, aber ich ging davon aus, dass ich hören würde, wenn er herauskam. Und so war es auch. Um Punkt sieben hörte ich, wie eine Tür aufging, und als ich die Treppenhaustür öffnete und auf den Flur trat, sah ich ihn – Lee Kirk. Wie er aus seiner Wohnung kam. Seine blonden Haare waren total gegelt und er trug eine Jogginghose und ein weißes Kapuzenshirt von Nike.

Er war nicht besonders groß, doch er wirkte deutlich unangenehmer als auf dem Foto. Übel, eiskalt und beinhart.

Mein Herz pochte, als ich den Flur entlang auf ihn zuging. Ich zog ein Blatt Papier aus der Tasche und tat so, als würde ich lesen, was draufstand. Zu Hause hatte ich einen Namen und eine Adresse auf das Blatt geschrieben, einen erfundenen Namen und eine erfundene Adresse – *Barry Jennings, Wohnung 1604, West Tower, William-B.-Foster-Siedlung.* Die Idee war: Wenn jemand mich ansprach, was ich hier wollte, konnte ich einfach so tun, als hätte ich mich verlaufen. Ich wäre bloß irgendein blöder Depp, der irgendwen namens Barry Jennings suchte. Das Ganze war natürlich nicht die geniale Superidee, aber immerhin besser als gar nichts.

Und Lee Kirk sah mich sowieso nicht mal an. Als ich an ihm vorbeiging und auf mein Blatt schielte, war er viel zu sehr mit Türabschließen, Handychecken und so was beschäftigt, als dass er mich wahrnahm.

So weit, so gut.

Ich ging den Flur entlang bis ans Ende und blieb vor dem Aufzug stehen. Ich wartete und tat so, als würde ich wieder auf das Blatt starren. Erst als ich hörte, wie sich Kirks Schritte hinter mir näherten, drückte ich den Knopf für den Aufzug. Das Licht leuchtete auf und ich hörte das ferne Surren und Knacken des Fahrstuhls, als er sich in dem Schacht in Bewegung setzte.

Ich spürte, dass Kirk jetzt hinter mir stand. Ich konnte sein Aftershave riechen. Ich spürte seine Gegenwart. Es war ein ungutes Gefühl. Ich zwang mich, ruhig zu bleiben. *Rühr dich nicht, dreh dich nicht um, sieh ihn nicht an.*

Der Aufzug schien eine Ewigkeit zu brauchen.

Ich fing an zu schwitzen.

Meine Beine zitterten.

Die Stille brachte mich um.

Am liebsten hätte ich mich umgedreht und zu ihm gesagt: *Hi, ich spionier dir nicht hinterher. Ehrlich. Ich mach überhaupt nichts. Ich warte bloß auf den Fahrstuhl …*

Doch ich zwang mich, es nicht zu tun.

Schließlich, nach den längsten dreißig Sekunden meines Lebens, hörte ich ein *Pling* und danach ein *Klonk*, als der Aufzug endlich kam. Ich starrte auf die Tür und wartete, dass sie aufging.

Und als sie dann endlich aufging, lief plötzlich alles verkehrt.

Es standen zwei Typen im Aufzug. Ein riesiger Schwarzer mit weit herumgezogener Sonnenbrille und ein hässlicher Kerl mit einem Gesicht wie eine Pizza. Die Pizzafresse hatte eine Flasche in der Hand. Die beiden Typen starrten mich an.

Ich hatte nicht einmal Zeit, aus dem Weg zu treten. Sobald die Tür aufging, packte mich Kirk von hinten, stieß mich in den Fahrstuhl, und ehe ich begriff, was los war, rammte mir jemand mit aller Gewalt seine Faust in den Magen, dass ich zusammensackte und nur noch nach Luft keuchte.

»Tür«, hörte ich jemanden sagen.

Ein Knopf wurde gedrückt und ich nahm wahr, dass die Tür zuging. Als der Aufzug losfuhr, versuchte ich, wieder hochzukommen, doch ich hatte überhaupt keine Chance. Der erste Schlag warf mich zurück auf den Boden, der zweite ging wieder voll in den Magen und beim dritten wurde alles schwarz.

# Der Sturz

Ich gleite durchs Weltall. Alles ist dunkel. Sterne tanzen mit schwachem Licht in der Ferne. Es gibt auch Planeten, große quadratische Planeten. Quadratisch und eben wie Wände. Silberne Wände. Hölzerne Wände. Sie treiben weiter auf mich zu, knallen mir gegen den Schädel und springen dann weg. Es sind Schiffe. Ich gehe unter. Ich trinke das Meer. Es schmeckt süß. Süß und kräftig. Sauer und fruchtig. Es ist schwarz …

Alles ist schwarz.

Alles ist weg.

Als ich aufwachte, sah ich als Erstes, dass ich ein Messer in der Hand hielt. Ein großes, schweres Messer. An der silbernen Klinge klebte jede Menge Blut. Auch meine Hand war rot. Ich löste die Finger und das Messer fiel auf den Boden.

Der Fußboden war grau.

Mein Kopf tat weh.

Mein Bauch tat weh.

Mir war schlecht.

Ich erinnerte mich an überhaupt nichts.

Ich schloss die Augen und versuchte nachzudenken: *Wo bin ich? Was ist passiert? Wo kommt das Messer her? Wieso ist es voll Blut?*

Nichts. Keine Antworten. Mein Kopf war leer. Ich erinnerte mich daran, wie Kirk mich in den Aufzug gestoßen hatte und mir dann jemand gegen den Kopf schlug … aber mehr nicht. Danach – null.

Ich öffnete die Augen und sah mich um.

Ich lag auf einer versifften Couch im Wohnzimmer einer schummrigen, nur schemenhaft zu erkennenden Wohnung. Die Vorhänge waren geschlossen. Draußen war es dunkel. Nacht. Spät. Der Fernseher lief, das Fußballspiel des Tages, der Ton stumm gestellt. Im Zimmer herrschte das reinste Chaos – dreckige Teller auf dem Tisch, Klamotten auf dem Boden und überall Müll. Die Luft roch abgestanden. Die Wohnung fühlte sich leer an und stumm, doch ich hörte leise Geräusche von irgendwo anders – Rapmusik, brüllende Stimmen, die heulende Sirene eines Polizeiwagens in der Ferne …

Die Geräusche der Siedlung.

*Ich bin also noch in der Siedlung,* überlegte ich. *Ich bin in einer Wohnung irgendwo in der Siedlung.*

Ich fühlte mich dadurch nicht wesentlich besser, aber es war doch zumindest etwas. Ich tastete die Tasche nach meinem Handy ab, doch es war nicht da. Ich untersuchte sämtliche anderen Taschen – nichts. Ich richtete mich vorsichtig auf und stöhnte von dem Schmerz im Magen … und da sah ich ihn plötzlich.

Er lag auf dem Boden am Fenster. Mit dem Gesicht nach oben, die Augen weit aufgerissen, der starre Blick ins Nichts gerichtet. Der Mann war blutüberströmt.

Es war Tyrell Jones, der Anführer der Westies.

Ich wusste, dass er tot war, doch ich musste trotzdem nachschauen. Meine Beine zitterten, als ich hinüberging und mich neben ihn kniete. Ich dachte, ich müsste mich übergeben, als ich das ganze Blut sah. Er hatte Stiche in Brust und Bauch. Die Stichwunden waren durch sein Hemd hindurch sichtbar – tiefe, hässliche Wunden voller Blut. Insgesamt waren es mindestens drei, vielleicht mehr. Auch an den Händen hatte er Schnittwunden. Und sein Gesicht sah total zusammengeschlagen und ramponiert aus.

Ich legte meine Finger an seinen Hals und tastete nach seinem Puls, doch da war nichts.

Er atmete nicht.

Seine Haut war kalt.

Er war tot.

Erstochen …

Ich schaute auf das Blut an meinen Händen. Auch auf dem Hemd hatte ich Blut. Aber ich war nicht verletzt. Es war nicht *mein* Blut. Mir sank das Herz in die Hose, als ich zu dem Messer hinübersah, das ich auf den Boden hatte fallen lassen … das Messer, das ich in der Hand hielt, als ich aufgewacht war.

Das Messer.

Ich schaute wieder auf Tyrells Leiche. Die Stichwunden in seiner Brust …

Dann schaute ich auf das Messer.

Die Stichwunden.

Das Messer.

O Gott … hatte *ich* ihn ermordet?

Hatte *ich* Tyrell Jones erstochen?

In meinem Kopf drehte sich alles. Ich versuchte nachzudenken, versuchte mich zu erinnern, versuchte ruhig zu bleiben. Doch es ging einfach nicht. Es gelang mir nicht, nachzudenken. Es gelang mir nicht, mich zu erinnern. Es gelang mir nicht, ruhig zu bleiben.

Ich brachte es nicht fertig. Das Einzige, was ich fertigbrachte, war, auf das Blut an meinen Händen zu starren.

Dann hörte ich es wieder – die Polizeisirene. Diesmal klang sie viel näher. Sehr viel näher. Ich stand schnell auf und lief ans Fenster. Draußen hörte ich Bremsen quietschen, und als ich den Vorhang zurückzog, sah ich die pulsierenden Blaulichter zweier Polizeiwagen, die schlingernd von der Straße abfuhren und in die Siedlung rasten.

Ich schloss den Vorhang.

In welchem Hochhaus war ich?

Hektisch atmend öffnete ich ihn noch einmal, warf einen schnellen Blick nach draußen und schloss ihn dann wieder. Die Polizeiwagen standen jetzt unten. Die Türen waren geschlossen, aber das Blaulicht pulsierte weiter. Jugendliche aus der Siedlung versammelten sich um die zwei Fahrzeuge und lachten und grölten. Ich rechnete mir aus, dass die Polizisten inzwischen auf dem Weg nach oben waren. Und sämtliche Ausgänge sicherten.

Ich lehnte mich gegen die Scheibe und schaute an der Hauswand hinab. Ich sah das Fenster der Wohnung ein Stockwerk tiefer. Es stand offen. Konnte ich es dorthin schaffen? Die Außenwand war glatt, aber auf halbem Weg zwischen mir und der Wohnung ein Stockwerk tiefer befand sich ein Lüftungsschacht. Wenn ich mich dort abstützen könnte …

Ich hatte keine Zeit mehr zum Nachdenken. Ich hörte bereits schnelle Schritte im Flur. Stimmen. Polizeifunk. Ich riss das Fenster auf und kroch auf den Sims …

Fäuste hämmerten gegen die Tür.

Ich packte den Fenstersims und ließ die Beine nach unten gleiten …

Rufe – »Polizei! Aufmachen! Öffnen Sie die Tür!«

Meine Füße fanden den Lüftungsschacht nicht. Ich hing an dem Fenstersims, drei Stockwerke hoch und wedelte mit den Füßen in der Luft rum …

*WUMMS!* Die Wohnungstür splitterte krachend. Sie hatten sie eingetreten … Ich holte tief Luft, schloss die Augen und ließ den Fenstersims los. Für einen schaurigen Moment stürzte ich einfach – mein Herz erstarrt, die Hände wie wild an der Wand entlangkratzend –, dann trafen die Füße den Lüftungsschacht. Ich spürte, wie er knackte, dann rutschten die Füße ab und einen Augenblick stürzte ich weiter. Doch im Fallen erwischte ich irgendwie noch ein Stück des Schachts und im selben Moment berührten meine Füße den Fenstersims der unteren Wohnung. Als Nächstes weiß ich nur noch, wie ich durch das offene Fenster hineinkrabbelte und auf den Boden fiel.

Über mir hörte ich, wie eine Tür aufgebrochen wurde und schwere Stiefel ins Zimmer krachten.

Ich schloss das Fenster und atmete tief durch.

Ich zitterte wie ein Wrack.

# Verrücktheit und Güte

»Kann ich dir helfen?«

Die Stimme kam aus der Mitte des Zimmers hinter mir. Ich wirbelte herum und sah eine alte Frau, die mit irrem Gesichtsausdruck dastand. Mein Mund klappte auf. Ich hatte völlig vergessen, dass in der Wohnung, in die ich geraten war, jemand *wohnen* könnte. Ich war zu geschockt, um etwas zu sagen. Stattdessen stand ich nur da und starrte. Und die Frau starrte zurück.

Sie war ungefähr eine Million Jahre alt. Ihre Haare waren wild und grau und sahen aus wie das Nest eines durchgeknallten Vogels. Ihr runzliges altes Gesicht war mit Make-up zugekleistert lila Augen, pechschwarze Augenbrauen, knallrosa Lippen. Sie trug einen blauen Jogginganzug, billige weiße Turnschuhe und schwarze Spitzenhandschuhe.

Total durch den Wind.

»Ich kenn dich«, sagte sie plötzlich.

»Wie bitte?«

»Du bist doch der Sohn von Maria. Jimmy Delgado.«

»Johnny«, antwortete ich.

Sie legte sich eine Hand ans Ohr. »Was?«

»Johnny … Johnny Delgado.«

»Hab ich doch gesagt.« Sie klapperte mit den Zähnen. »Deine Mum ist eine sehr nette Dame. Sie hat mir mal die Treppe hinaufgeholfen. Und sie hat mir alles von dir erzählt, was für ein guter Junge du bist.«

»Verstehe …«

Ich hörte jetzt weitere Sirenen. Weitere Polizisten. Ich hörte sie oben im Flur, wie sie an sämtlichen anderen Türen klopften.

»Betty Travis«, sagte die alte Frau.

»Was?«

»Ich bin Betty Travis. Deine Mum hat dir sicher von mir erzählt. Sie hat mir mal die Treppe hinaufgeholfen, verstehst du?«

»Ja …«

»Was hast du getan?«, fragte sie.

»Wie bitte?«

Sie starrte mich an. »Ich bin ja vielleicht ein bisschen verrückt, junger Mann, aber dumm bin ich nicht.

Du bist gerade durch mein Fenster geklettert. Du schwitzt und zitterst und bist blutüberströmt.« Sie lächelte mich an. »Wenn du willst, dass ich dir helfe, solltest du besser anfangen, mit mir zu reden.«

Ich überlegte wegzurennen, einfach durch die Tür abzuhauen, aber ich wusste, weit würde ich so nicht kommen. Betty hatte recht – ich brauchte Hilfe. Ich verstand zwar nicht, warum sie mir helfen wollte, und ich wusste auch nicht, *wie* sie mir helfen sollte, doch eine andere Lösung war nicht in Sicht.

Also begann ich zu reden.

Als ich alles erzählt hatte, was ich wusste, sagte sie eine Weile nichts, sondern starrte mich nur an.

Nach langer Zeit, wie es mir vorkam, meinte sie endlich: »Erwartest du, dass ich dir das alles glaube?«

Ich zuckte mit den Schultern. »Es ist die Wahrheit.«

Sie sah mich noch einen Augenblick an und nickte dann. »Gut«, sagte sie. »Das Bad ist dahinten. Wasch dich und zieh die Sachen aus.«

Fünf Minuten später schob ich Betty in einem Rollstuhl den Flur entlang zum Aufzug. Meine Hände waren sauber, das Blut abgewaschen und ich hatte einen kratzigen blauen Jogginganzug an. Meine eigenen blutbefleckten Sachen purzelten in Bettys Waschmaschine herum.

Als wir uns dem Aufzug näherten, sah ich zwei Polizisten neben der Tür Wache stehen.

»Du hältst den Mund«, flüsterte Betty. »Lass mich das mit dem Reden machen.«

Ich schob sie weiter in Richtung Aufzug. Die zwei Polizisten beobachteten uns jetzt. Ich versuchte, so unschuldig wie möglich zu wirken. Ich war nur ein Junge ... ein Junge mit einer bekloppten alten Oma im Rollstuhl. Sonst nichts.

Wir hatten den Aufzug beinahe erreicht, als Betty plötzlich anfing, den Kopf hin und her zu werfen und wie eine verwirrte Alte herumzubrabbeln. »Was ist da los?«, krächzte sie. »Was soll das?« Sie wedelte mit den Händen in Richtung der Polizisten. »Wer sind Sie? Ich habe nichts getan ... was ist denn los?«

Die beiden Polizisten schauten erschrocken. Sie wandten sich mir zu.

»Tut mir leid«, sagte ich. »Sie ist ein bisschen ...«

»Jimmy?«, schrie sie. »Jimmy ... was ist das? Was wollen die? Ich habe nichts getan ...«

Einer der Polizisten drückte den Aufzugknopf. Der andere versuchte zu lächeln. Es war so ein Lächeln, das man Verrückten schenkt.

Während Betty weiterbrabbelte und krächzte, lächelte ich zu dem Polizisten zurück. »Was ist los?«, fragte ich ihn mit lässiger Stimme. »Ist was passiert?«

Er zuckte mit den Schultern. »Kein Grund, dir Sorgen zu machen.«

Ich nickte.

Betty taumelte nach vorn und schwang ihm ihren Arm entgegen.

Ich riss sie in ihren Rollstuhl zurück. »Tut mir leid …«

Die Aufzugtür öffnete sich und der Polizist trat zur Seite. Ich schob Betty hinein und drückte den Knopf fürs Erdgeschoss. Betty spielte weiter die verrückte Alte, bis die Tür wieder zu war und der Aufzug nach unten fuhr. Dann hörte sie plötzlich auf.

»Alles okay?«, fragte sie ruhig und lächelte mich an.

»Super«, sagte ich. »Total echt.«

Sie lachte. »Ich hatte ja jede Menge Übung.«

Unten standen weitere Polizisten und die nächsten draußen vor dem Gebäude, doch keiner kümmerte sich um uns. Vielleicht hatten die andern nach unten gefunkt und ihnen Bescheid gesagt, dass wir kämen. Die meisten Jugendlichen aus der Siedlung, die vor dem West Tower rumhingen, waren viel zu beschäftigt, zwischen den Polizeiwagen umherzuspringen, als dass sie auf mich aufmerksam wurden, aber ich sah ein oder zwei, die sich anstießen und auf mich zeigten. Doch keiner sagte was.

Ich schob Betty über die Straße, über den Square und schließlich in den North Tower. Noch sah ich hier keine Polizisten, doch ich war sicher, dass sie bald kommen würden, deshalb vergeudete ich keine Zeit. Rein in den Hausflur, rein in den Aufzug, Tür zu.

»Neunter Stock«, sagte Betty.

»Was?«

»Ich hab eine Freundin im neunten. Da kannst du mich abliefern.«

Ich drückte die Neun.

Der Aufzug fuhr los.

Ich schaute zu Betty hinab. »Wieso tun Sie das?«, fragte ich sie. »Wieso helfen Sie mir?«

»Deine Augen«, antwortete sie.

»Meine Augen?«

Sie lächelte mich an. »Du hast gütige Augen.«

Neunter Stock. Die Tür ging auf und Betty stieg aus. Sie schob den Rollstuhl vor sich her.

»Danke«, sagte ich.

Sie lächelte erneut. »Komm ruhig mal wieder vorbei und besuch mich. Leiste doch einer verrückten Alten ein bisschen Gesellschaft.«

»Okay.«

Sie fasste in die Tasche ihres Jogginganzugs und reichte mir ein Handy. »Hier, nimm das. Ruf deine Mum an und sag ihr, dass alles okay ist. Du kannst es mir ja zurückbringen, wenn du vorbeikommst und mich besuchst.«

Sie beugte sich noch einmal in den Aufzug und drückte den Knopf für den 22. Stock. Dann trat sie zurück. »*Adiós*, Johnny«, sagte sie.

Während die Tür zuging, starrte ich sie an, unfähig, etwas zu sagen.

Woher wusste sie, dass ich ein Handy brauchte? Und woher wusste sie, dass ich in den 22. Stock wollte?

Woher wusste sie das alles? Es ist ja nicht so, dass ich dort wohne.

# Geheimnisse und Lügen

Ich habe ein geheimes Versteck.

Um hinzukommen, musst du in den 22. Stock fahren und dann den Flur bis ganz ans Ende gehen. Dort musst du durch eine Tür mit der Aufschrift *PRIVAT. ZUTRITT VERBOTEN!* Die Tür ist immer abgeschlossen, also brauchst du einen Schlüssel. Meinen habe ich jetzt schon seit etwa drei Jahren. Ausgeborgt von dem Beamten der Stadtverwaltung. Er hatte ihn aus Versehen stecken lassen. Seitdem verberge ich meinen Schlüssel unter einem losen Stück Bodenbelag nahe der Tür.

Zu meinem geheimen Versteck gehe ich, wenn ich allein sein und nachdenken will. Und in jener Nacht musste ich wirklich allein sein und nachdenken. Es gab viel, worüber ich nachdenken musste.

Nachdem ich überprüft hatte, dass mich niemand beobachtete, zog ich den Schlüssel unter dem Bodenbelag vor, öffnete die Tür und schloss hinter mir wieder ab. Die Tür führt in einen kleinen Raum, der mit allem möglichen Kram vollsteht – Schränken, Regalen, Werkzeugkisten, Rohren, Kabeln und Heizreglern. Ich durchquerte den Raum und ging danach durch einen kleinen Bogengang. Schließlich musste ich ein paar Stufen nach oben und kam an eine zweite Tür. Ich drückte sie auf und trat hinaus in eine Brise kalter Nachtluft. Jetzt war ich auf dem Dach des Hochhauses. Ganz oben. Von hier aus konnte ich kilometerweit gucken. Ich konnte Lichter von Häusern und Wohnblocks sehen, Scheinwerfer, die auf unsichtbaren Straßen entlangglitten, Straßenbeleuchtungen, Verkehrsampeln, die Lichter Londons, die in der Ferne schimmerten …

Aber ich hatte keine Zeit, mich an dem Anblick zu freuen.

Ich lief übers Dach auf mein geheimes Versteck zu.

Mein Versteck ist ein Schuppen. Ein Schuppen aus Blech. Die Tür aus Blech, Wände aus Blech, Dach aus Blech. Innen gibt es einen Schrank aus Blech mit lauter Skalen und Anzeigen drauf. Ich weiß nicht genau, was das für ein Schrank ist, aber er brummt leise vor sich hin. Außerdem ist er schön warm. Bis auf den Schrank und ein paar alte Stühle ist der Schuppen leer.

Leer und still. Ich schloss die Tür hinter mir, setzte mich auf einen der Stühle und fing an nachzudenken.

Zu überlegen.

Was läuft hier?

Was ist passiert?

Wie?

Warum?

Was willst du tun?

Ich dachte nach. Überlegte schwer, fragte mich, warum alles so und nicht anders passiert war. Suchte nach Antworten. Suchte nach Fakten. Versuchte mich zu erinnern … doch es gelang mir immer noch nicht. Mein Kopf fühlte sich einfach nur dumpf und benebelt an.

Ich beschloss, mich an die Fakten zu halten.

Fakt Nummer eins: Jemand hatte Tyrell Jones umgebracht.

Fakt Nummer zwei: Entweder war ich dieser Jemand oder irgendwer hatte mir eine Falle gestellt. Und es aussehen lassen, als wenn ich der Täter wäre.

Fakt Nummer drei: Selbst wenn ich jemanden umbringen *könnte*, was ich nicht glaubte, wieso sollte ich ausgerechnet Tyrell Jones umbringen?

Fakt Nummer vier: Lee Kirk wollte Tyrell Jones umbringen. Wenn Marcus recht hatte, und meistens hatte er recht, dann plante Kirk, sämtliche Gangs der

Siedlung zu übernehmen. Nachdem ihm Tyrell nicht mehr im Weg stand, konnte ihn jetzt nichts mehr aufhalten.

Fakt Nummer fünf: Kirk war ein Psycho.

Fakt Nummer sechs: Kirk war clever.

Worauf lief das Ganze hinaus? Kirk hatte mir eine Falle gestellt. Er hatte Carly und Bex dazu gebracht, mich zu ködern, damit ich ihm folgte. Dann hatte er mich in den Aufzug gestoßen, zusammengeschlagen und mit Tyrells Leiche in der Wohnung zurückgelassen. Möglicherweise hatte er auch die Polizei alarmiert. Hatte er ihnen womöglich sogar meinen Namen genannt?

Wieso? Damit niemand erfuhr, wer der wahre Täter war. Und der wahre Täter war er. Kirk.

Ja gut, aber wieso hatte Kirk *mich* ausgewählt? Warum musste ausgerechnet ich für ihn den Kopf hinhalten?

Darauf wusste ich keine Antwort. Im Moment spielte das aber auch keine Rolle. Was mich im Moment beschäftigte, war die Frage: Was, verdammt noch mal, sollte ich tun?

Als Erstes rief ich Mum an. Ich zog Bettys Handy aus der Tasche, hackte die Nummer in die Tasten und wartete.

»Hallo?«

»Mum, ich bin's …«

»*Hola, Juan. Cómo estás?*«

»Was?«, fragte ich. »Ich bin's, Mum – Johnny. Wieso sprichst du Spanisch?«

»*Policía*«, flüsterte sie. »*Dónde estás?*«

Jetzt begriff ich. Sie sprach Spanisch, weil die Polizei da war. In der Wohnung. Sie sollten nicht merken, dass sie mit mir sprach. Mum wollte wissen, wo ich war.

»*Estoy a salvo*«, erklärte ich ihr. (Ich bin in Sicherheit.) »*No he hecho nada.*« (Ich hab nichts getan.)

»*Ya lo sé*«, antwortete sie (Ich weiß.) »*No vengas a casa todavía. Llama a Della – okay?*« (Komm noch nicht nach Hause. Ruf Della an – okay?)

»Okay«, sagte ich.

Sie legte auf.

Ich dachte kurz darüber nach, was sie gesagt hatte, dann rief ich Della an.

»Hallo?«

»Della? Ich bin's, Johnny.«

»Johnny!«, rief sie. »Was ist los? Ist alles in Ordnung? Ich war gerade bei deiner Mum und die Polizei ist gekommen. Sie suchen dich.«

»Ja, ich weiß. Ich hab Mum eben angerufen.«

»Wo bist du? Ist mit dir wirklich alles in Ordnung?«

»Ja, mit mir ist alles okay. Was hat die Polizei gesagt?«

»Sie wollten wissen, wo du bist. Warum, haben sie nicht gesagt.« Sie zögerte einen Moment. »Sie haben den Brief gefunden, Johnny.«

»Welchen Brief?«

»Er war im Badezimmer versteckt.«

»*Was?* Wovon redest du?«

»Einer der Polizisten ist in euer Badezimmer gegangen und mit einem Brief zurückgekommen. Ich hab ihn nur ganz kurz gesehen. Der Brief hatte irgendwas mit deinem Dad zu tun.«

»Mit meinem Dad?« Ich konnte es nicht fassen. »Ein Brief über meinen *Dad*?«

»Ja ... hast du ihn nicht gesehen?«

»Ich weiß nichts von einem Brief. Was stand denn drin?«

Della zögerte wieder. »Es stand nirgends, wer ihn geschickt hat ... er war auch nicht unterschrieben ...«

»Aber was *stand* in dem Brief, Della?«

»Wer immer ihn geschrieben hat ... er hat behauptet, er weiß, wer deinen Dad damals umgebracht hat. Er hat den Namen genannt.«

Einen Moment lang verschlug es mir die Sprache. Ich war zu verwirrt. Zu geschockt.

»Johnny?«, fragte Della. »Bist du noch dran?«

»Wer war es?«, fragte ich leise. »Wer hat meinen Dad ermordet?«

»Jemand mit dem Namen Jones«, antwortete Della. »Lester Jones.«

Das war zu viel. Das Ganze war einfach zu viel.

Mein Kopf war leer und ich starrte zu Boden.

Lester Jones war Tyrell Jones' Vater.

# Etwas und nichts

»Johnny? He, Johnny D! Bist du's? Hey, Delgado? Hey, *HEY* … rede mit mir.«

Die Stimme am Handy schien kilometerweit weg. *Ich* war kilometerweit weg. Mein Kopf war immer noch leer. Ich konnte nicht denken.

Wieder rief die Stimme: »Hey! HEY! *HEY!*«

Noch immer benommen, hob ich die Hand aus dem Schoß und hielt mir das Handy ans Ohr. »Hallo?«

»Delgado? Verdammt, was *tust* du? Ich dachte, du wärst tot oder so.«

Es war Marcus.

»Tut mir leid …«, murmelte ich. »Ich hab nur nachgedacht …«

»Du hast keine Zeit zum Nachdenken. Du steckst bis zum Hals in der Scheiße. Ich hab dir doch gesagt, du sollst dich nicht mit Kirk einlassen.«

»Ja …«

»Also gut, rede mit mir. Erzähl mir, was passiert ist.«

Ich erzählte Marcus die ganze Geschichte. Von dem Moment an, als ich im Aufzug zusammengeschlagen wurde, bis zu der Sache mit Betty Travis und wie ich sie aus dem West Tower in den North Tower geschoben hatte. Und dass ich mit Mum und mit Della telefoniert hatte. Alles. Als ich fertig war, schwieg Marcus ein, zwei Sekunden und ich stellte mir vor, wie er mit dem Handy am Ohr in seiner Wohnung saß und schwer überlegte.

»Okay«, sagte er nach einer Weile. »Ich glaube, ich hab's jetzt verstanden.«

»Kirk hat mir eine Falle gestellt«, sagte ich.

»Natürlich hat er dir eine Falle gestellt«, antwortete Marcus mit einem Seufzer. »Das wusste ich auch schon, bevor ich mit dir geredet hab. Ich wusste nur nicht, wie er das Ganze anstellen würde.«

»Und jetzt weißt du's?«

»Der Typ im Aufzug … du hast gesagt, er hatte eine Flasche dabei?«

»Ja.«

»Sie haben dir Drogen gegeben. Nachdem sie dich zusammengeschlagen hatten, haben sie dich gezwungen, das Zeug zu trinken, das in der Flasche war. Waren wahrscheinlich lauter Roofies drin und so Zeug.«

»Was sind Roofies?«

»Du weißt schon, diese Vergewaltigungsdroge. Von Roofies fühlst du dich betrunken und schläfrig, und wenn du wieder aufwachst, kannst du dich an nichts mehr erinnern. Die haben dich unter Drogen gesetzt, Tyrell umgebracht und dich danach mit dem Messer, das sie für den Mord benutzt haben, in seiner Wohnung zurückgelassen. Und dann haben sie schnell die Bullen angerufen.«

»Und was ist mit dem Brief, den die Polizei in unserm Badezimmer gefunden hat?«, fragte ich ihn. »Ich versteh das nicht …«

»Der ist natürlich getürkt«, antwortete Marcus. »Wahrscheinlich hat Kirk ihn geschrieben. Und Carly und Bex haben ihn deponiert, als sie bei dir in der Wohnung waren.«

»Aber wieso?«

»Der Brief gibt dir einen Grund, Tyrell zu töten. Du kriegst einen Brief, in dem steht, dass sein Vater deinen Dad umgebracht hat, und schon hast du einen Grund, ihn zu töten.«

»Das ist doch verrückt. Ich würde doch nie …«

»Hat aber ja funktioniert«, sagte Marcus. »Die Polizei sucht *dich* und nicht Kirk, oder?«

Er hatte natürlich recht. Ich sah jetzt alles vor mir. Marcus hatte recht. Er hatte die ganze Zeit recht gehabt. Und ich war noch dämlicher gewesen, als ich gedacht hatte.

»Wo steckst du jetzt?«, fragte Marcus.

»Oben auf dem Dach. Du gehst in den obersten Stock …«

»Ja, ich weiß, wie man da hinkommt. Bist du in dem Schuppen?«

»Woher weißt du von dem Schuppen?«

Er lachte. »Ich weiß alles.«

»Ja, aber …«

»Bleib einfach da oben, okay? Ich bin in ungefähr 20 Minuten bei dir.«

»Was hast du vor?«

»Das wirst du sehen, wenn ich da bin«, antwortete er.

Es waren sehr lange 20 Minuten. Eine Weile saß ich bloß im Schuppen herum und versuchte zu überlegen, aber in meinem Kopf herrschte Chaos. Zu viele Gefühle, zu viele Emotionen.

Angst.

Wut.

Scham.

Trauer.

Als Della mir von dem Brief erzählte, hatte ich

gemerkt, wie irgendwas in mir aufkeimte. Die Vorstellung, dass Lester Jones meinen Dad umgebracht hatte … also, das war doch endlich mal was. Etwas, woran man sich halten konnte. Endlich ein Name. Ein Verdächtiger. Jemand, dem man die Schuld geben konnte.

Aber jetzt, wo ich wusste, dass es nicht stimmte …

Jetzt gab es auf einmal wieder gar nichts.

Ich hörte auf zu grübeln und trat hinaus auf das Dach.

Die Nachtluft war inzwischen richtig kalt. Kalt, frisch und still. Der Himmel war pechschwarz und die Erde breitete sich unter mir aus. Zweiundzwanzig Stockwerke unter mir. Ich stand am Rand des Dachs und schaute nach unten. Im Schein der pulsierenden Blaulichter erkannte ich den schwachen Umriss des Square. Die Garagen. Die Mülleimer. Die Bänke.

22 Stockwerke unter mir.

Es war ein weiter Weg nach unten.

# Was denkst du, wie sich das anfühlt?

Als die Tür zum Dach aufging, war ich überrascht, dass Marcus nicht allein kam. Noch überraschter war ich, als ich sah, wen er mitgebracht hatte. Als er durch die Tür trat, erkannte ich hinter ihm die riesige Gestalt von Toog. Und hinter Toog, an den Haaren gezerrt, folgte Lee Kirk.

»Hey, Johnny«, sagte Marcus. »Wie geht's?«

Ich schaute zu Toog, der mich angrinste. Er riss Lee Kirk mit seiner riesigen Hand hinter sich her und zerrte ihn fast vom Boden. Kirk krümmte und wand sich und griff nach Toogs Hand, um zu verhindern, dass er ihm weiter die Haare ausriss. Seine Nase blutete und das eine Auge war schwarz und blau und deutlich geschwollen.

Die drei kamen auf mich zu und wir standen zusammen am Rand des Dachs. Ich schob die Hand in die Tasche und tastete nach Bettys Handy.

»Was ist los?«, fragte ich Marcus.

»Nichts Besonderes«, antwortete er. »Ich dachte nur, es wär vielleicht an der Zeit, mit dem King hier ein bisschen zu plaudern. Du weißt schon, ein paar Dinge zu klären ...« Er schaute zu Kirk. »Na, was meinst du, Kirk? Hast du Lust, ein bisschen zu plaudern?«

Kirk starrte ihn an. »Du bist ein toter Mann, Hood. Du bist erledigt ...«

»Ja, ja«, meinte Marcus ruhig. »Das hast du mir alles schon gesagt. Wird langsam langweilig. Wie wär's, wenn du uns mal was andres erzählst?«

»Zum Beispiel?«

»Zum Beispiel, wieso du Johnny eine Falle gestellt hast, das wär doch schon was.«

Kirk spie auf den Boden und grinste mich schließlich kalt an. »Wie geht's deinem Kopf? Siehst ein bisschen blass aus.« Er lachte. »Hey, ich hab gehört, du hast rausgefunden, wer deinen Alten umgebracht hat. Stimmt das?«

Ich starrte ihn an.

»Lester Jones, richtig?« Er lachte wieder. »Wer hätte das gedacht, Mann? Ich wusste ja, dass die ganzen Gerüchte nicht stimmen.«

»Welche Gerüchte?«, fragte ich.

Kirk schaute zu Marcus. »Weiß er nicht Bescheid?«

»Halt die Klappe, Kirk«, sagte Marcus.

Kirk ignorierte ihn und wandte sich grinsend wieder an mich. »Dein Alter … es heißt, er wurde von einem andern Bullen zur Strecke gebracht. Auftragsmord.« Er hob die Augenbrauen und fand es offenbar lustig, dass ich so schockiert war. »Wusstest du das nicht? Ich dachte, jeder in der Siedlung hier wüsste das.«

Ich schaute zu Marcus. »Was redet der?«

»Nichts«, antwortete Marcus schnell. »Hör nicht auf ihn. Er versucht nur, dich zu verarschen.« Er drehte sich zu Kirk um. Sein Blick war auf einmal streng. »Du quatschst zu viel.«

»Ja? Und was willst du dagegen tun?«

»Wie wär's, wenn ich dich einfach vom Dach werfe?«

Kirk schüttelte den Kopf. »Wenn du glaubst, du kannst mir Angst machen …«

»Ich versuch nicht, dir Angst zu machen«, antwortete Marcus lässig. »Ich bring dich bloß um.« Er warf einen Blick zu Toog. »Bist du so weit?«

Toog nickte.

»Dann los«, sagte Marcus.

Toog hob die Hand und begann, Kirk näher an die Dachkante heranzuziehen. Für einen kurzen Moment reagierte Kirk nicht. Er glaubte nicht, dass sie es ernst meinten. Er glaubte, sie würden nur bluffen. Aber als Toog ihn immer näher zum Rand zerrte, wurde ihm klar, dass sie vielleicht doch nicht blufften. Und da geriet Kirk in Panik.

»Hey … warte!«, rief er auf einmal. »Jetzt komm schon, das ist doch bescheuert … nein, du kannst mich doch nicht … hey, lass mich los …«

Er stemmte seine Hacken gegen den Boden und kämpfte wie wild. Seine Augen waren weiß vor Angst, als er versuchte, sich aus Toogs riesiger Hand zu befreien. Aber Toog war zu stark. Er zögerte nicht mal, sondern zog ihn bis ganz an den Dachrand. Dann packte er ihn mit beiden Händen und hob ihn vom Boden …

Und ich dachte, das war's.

Ich dachte wirklich, er würde Kirk runterwerfen.

Und vielleicht hätte er das auch getan.

Doch gerade als er ihn anhob, wurde die Tür aufgestoßen und wir drehten uns alle in die Richtung, um nachzusehen, wer kam.

Es war Della. Sie atmete schwer und ihr Gesicht sah kränklich weiß aus. Sie hielt sich eine Hand vor die Brust.

»Della!«, schrie Marcus. »Verdammt, was … Ich hab dir doch gesagt, du sollst in der Wohnung bleiben.«

»Ich hab mir Sorgen gemacht«, keuchte sie. Sie schaute zu mir. »Ich wollte nur …«

*Wumms.*

Das plötzliche Geräusch kam von hinten. Ich drehte mich um und sah, wie Toog zu Boden ging. Wir hatten uns für einen Moment alle von Kirk abgewandt. Und währenddessen hatte er Toog einen Kopfstoß verpasst und ihn bewusstlos geschlagen. Und jetzt hatte es Kirk auf Marcus abgesehen.

»Marcus!«, schrie ich.

Doch es war zu spät. Als Marcus sich umdrehte, schoss Kirk schon an mir vorbei und brachte ihn mit einem üblen Punch vor den Kopf zu Boden. Ich war zu geschockt, um mich zu rühren. Ich stand nur da und sah zu, wie Kirk Marcus gegen den Kopf trat. Dann drehte er sich um und rannte zur Tür.

Auch Della war geschockt. Sie stand immer noch vor der Tür. Stand einfach da und starrte auf Kirk. Er rannte direkt auf sie zu.

»Della!«, rief ich. »Weg da! Geh aus dem Weg!«

Als sie mich plötzlich so schreien hörte, rührte sie sich – trat einen ängstlichen Schritt zur Seite. Doch es half nichts. Denn Kirk lief überhaupt nicht zur Tür – er war hinter *ihr* her. In Panik sah ich, wie er plötzlich ausscherte und ihre Hand packte. Dann zerrte er sie übers Dach auf mich zu.

Ich schaute mich um. Marcus war immer noch wie weggetreten und stöhnte nur leise am Boden. Und Toog lag da wie ein umgestürzter Baum. Schnell blickte ich wieder zurück zu Kirk und Della.

Della fasste sich an die Brust. Sie bekam kaum mehr Luft.

Kirk grinste mich an.

»Lass sie los«, sagte ich. »Sie hat nichts mit dem Ganzen zu tun.«

Sein Grinsen wurde noch breiter.

»Sie ist krank«, sagte ich. »Sie hat Herzprobleme.«

»Ja? So ein Pech.«

Er zerrte an ihrer Hand. Sie taumelte und jaulte vor Schmerz. Er zog sie auf die Beine und legte ihr seinen Arm um den Hals, dann schob er sie auf die Dachkante zu. Seine Augen leuchteten vor Wahnsinn. Er war verrückt. Er grinste wie ein Irrer.

»Frische Luft«, schrie er mir zu. »Das ist es, was man braucht, wenn man krank ist – viel frische Luft.« Er beugte sich über die Kante, schaute nach unten und zwang auch Della, nach unten zu schauen. Sie kreischte. Kirk sah sie mit einem irren Lächeln an und dann mich. »Was denkst du, wie sich das anfühlt?«, brüllte er. »Du weißt schon, wenn du fällst … da runterstürzt – was denkst du, wie sich das anfühlt? Meinst du, du *denkst* überhaupt irgendwas?

Was meinst du, Delgado? Woran würdest *du* denken?«

Ich sagte nichts. Es gab nichts zu sagen. Ich hielt meinen Blick auf Della gebannt. Sie bebte und zitterte unter seinem Griff, aber ich sah, dass sie sich immer noch unter Kontrolle hatte.

Kirk lachte. »Hey, weißt du, was Tyrell gesagt hat, als ich ihn niedergestochen hab? Weißt du, was er gesagt hat? Er hat gesagt, ich mach einen großen Fehler. Kannst du dir das *vorstellen*? Der liegt da mit einem Messer im Bauch und sagt, ich mach einen großen Fehler.«

Della zwinkerte mir zu.

Was versuchte sie, mir zu sagen?

»Weißt du«, sagte Kirk, »das Problem mit Tyrell war …«

Plötzlich keuchte Della, ein lautes schmerzhaftes Keuchen. Dann fasste sie sich an die Brust und wurde schlaff. Kirk wusste nicht, was er tun sollte. Er schaute auf Della, wie sie zusammengesackt in seinen Armen hing. Einen winzigen Augenblick trat er von ihr zurück, um sie anders zu greifen. Doch darauf hatte Della nur gewartet. In dem Moment, als sie spürte, dass sein Arm nachgab, warf sie den Kopf nach hinten und stieß ihn Kirk ins Gesicht. Dann hob sie den Fuß und fuhr mit dem Stiefelabsatz sein

Schienbein hinab. Während Kirk fluchte und nach hinten taumelte, drehte sich Della blitzschnell aus seinem Griff und wich zurück. Ich streckte die Hand aus und zog sie zu mir. Kirk stürzte ihr hinterher und versuchte, ihren Arm zu packen, doch er stolperte und verpasste sie. Und als er stürzte, stieß ich ihn weg.

Er verlor das Gleichgewicht.

Kippte zur Seite.

Über die Kante des Dachs.

Ich weiß nicht, wieso ich seine Hand packte – ich tat es einfach. Ich dachte nicht drüber nach. Ich sah nur, wie er über die Dachkante stürzte, und als Nächstes sah ich mich schon mit dem Gesicht nach unten auf dem Dach liegen, den Kopf über der Kante, und Kirk baumelte unter mir an der Hand.

Sein Gesicht starrte zu mir hoch – versteinert, bleich, geschockt.

Sein Körper zuckte in der Luft.

»Halt still«, sagte ich und biss die Zähne zusammen. »Halt dich einfach nur fest …«

Er war schwer.

Zweiundzwanzig Stockwerke tiefer sah ich eine Menschenmenge hochschauen. Ihre winzigen Gesichter wurden von den gruseligen Blaulichtern der Polizeiwagen erhellt.

Es war ein weiter Weg bis da unten.

»Lass mich nicht los«, wimmerte Kirk. »Bitte … lass mich nicht fallen …«

Ich sah ihn an. Auf einmal fühlte ich eine merkwürdige Ruhe. Der Arm wurde mir aus dem Gelenk gerissen und die Hand pochte, doch in meinem Kopf war jetzt alles glasklar.

»Wieso hast du mir eine Falle gestellt?«, fragte ich.

»Was?«, fauchte er.

»Ich kann dich nicht ewig festhalten«, erklärte ich ihm. »Je schneller du es mir sagst …«

»Okay, okay«, prustete er. »Das hatte nichts mit dir zu tun, klar? Ich brauchte nur jemanden, der mich entlastet, der den Kopf hinhält, dass er Jones getötet hat. Ich hab dir eine Falle gestellt, ja, das stimmt. Ich geb's zu. Aber jetzt zieh mich hoch, *bitte* …«

»Und wieso mich?«, fragte ich. »Wieso hast du ausgerechnet mich ausgewählt?«

»Dafür gibt's keinen Grund«, spie er. »Ich hatte nur von dir gehört, das war alles. Du weißt schon – der Privatdetektiv-Typ. Du warst einfach leicht zu ködern, das ist alles. Sehr leicht.«

Er schaute nach unten und seine Augen verdrehten sich vor Angst.

Ich spürte, wie mir seine Hand entglitt.

Ich schob meine andere Hand in die Tasche und zog Bettys Handy raus. Ich schaute auf das Display. Die Verbindung war immer noch da.

Ich legte mir das Handy ans Ohr. »Haben Sie das alles mitbekommen?«

»Hier ist der Notdienst«, antwortete eine Stimme. »Wer ist da bitte?«

»Ich heiße Johnny Delgado. Ich bin auf dem Dach des North Tower in der William-B.-Foster-Siedlung. Haben Sie den Anruf aufgezeichnet?«

»Bitte bleiben Sie, wo Sie sind. Die Polizei ist unterwegs. Ist jemand verletzt, Johnny? Es klang so, als …«

Ich hielt das Handy Kirk vor die Nase. »Es war die ganze Zeit an, seit du aufs Dach gekommen bist«, sagte ich zu ihm. »Sie haben alles mitgehört.«

»Bitte«, bettelte er. »Hilf mir …«

»Noch eine Sache«, sagte ich.

»Nein …«

»Wer hat meinen Dad umgebracht?«

Er schüttelte den Kopf. »Keine Ahnung. Ich hab mich nur über ihn lustig gemacht … der Brief war getürkt. Ich weiß überhaupt nichts. Bitte … ich *weiß* nichts …«

»Name«, sagte ich. »Nenn mir einen Namen.«

»Ich *kann* nicht …«

Er flennte jetzt. Tränen strömten ihm übers Gesicht.

»Du rutschst mir aus der Hand, Lee«, sagte ich. »Ich kann dich nicht mehr halten. Das ist deine letzte Chance … nenn mir einen Namen.«

Er starrte zu mir hoch, seine Augen traten hervor. Die Lippen waren fest geschlossen.

Dann endlich stieß er einen Namen aus.

# Ich arbeite dran

Es brauchte ein bisschen Zeit und jede Menge Erklärungen, aber am Ende ging alles gut aus.

Ich ließ Kirk nicht vom Dach stürzen. Ich war zwar nicht stark genug, ihn wieder hochzuziehen, doch es gelang mir, ihn so lange festzuhalten, bis Marcus und Toog in der Lage waren, mir zu helfen. Danach war es einfach. Sobald wir ihn auf dem Dach hatten, plädierte Toog dafür, ihm eine ordentliche Abreibung zu verpassen, aber zum Glück für Kirk tauchte noch rechtzeitig die Polizei auf. Sie nahmen uns alle fest und brachten uns aufs Revier.

Sechs Stunden später war ich zu Hause und frei. Aufgrund des Notrufs, den ich auf dem Dach gemacht hatte, war die Polizei über alles informiert, was Kirk gesagt hatte. Sie hatten mitgehört, wie er den Mord an Tyrell Jones zugab, und sie hatten auch mitgehört, wie er zugab, dass er mich in eine Falle gelockt hatte. Es genügte zwar nicht als *Beweis*, dass ich unschuldig war, aber es reichte ihnen, mich gehen zu lassen.

Bis Montagmorgen hatte die Polizei Kirk wegen Mordes an Tyrell Jones angeklagt. Der schwarze Riese und der Typ mit dem Pizzagesicht wurden verhaftet und wegen Vorbereitung eines Mordes angeklagt. Carly und Bex wurden zum Verhör aufs Revier gebracht und wegen Unterstützung Kirks festgenommen. Später wurden sie auf Kaution wieder freigelassen.

Marcus und Toog durften das Revier beide straffrei verlassen.

Soweit ich weiß, ist Della okay. Es geht ihr noch immer nicht gut, aber ich glaube, sie kommt einigermaßen zurecht. Ihre Mum hat mir inzwischen total verboten, Della zu sehen, weil sie glaubt, dass ich nicht gut für ihr Herz bin. Deshalb hatten wir noch keine Gelegenheit, uns zu treffen. Aber ich arbeite dran.

Und der Name? Der Name, den Kirk ausgespuckt hat, als er an der Dachkante hing … der Name des Mannes, der meinen Dad umgebracht hat? Der Name, den Kirk mir genannt hat, war Taylor – Jack Taylor. Was ich bis jetzt über ihn rausgefunden hab, ist, dass er der Boss meines Vaters war und kurz nach Dads Tod den Polizeidienst quittiert hat, um eine eigene Privatdetektei aufzumachen.

Hilft nicht viel weiter, ich weiß.

Aber wie ich schon sagte, ich arbeite dran.

Ich werd dir Bescheid sagen, wie ich weiterkomme.